für meinen Sohn Manuel Amarin

„Lasst das Heute die Vergangenheit mit Erinnerung umschlingen und die Zukunft mit Sehnsucht."
(Khalil Gibran)

„plötzlich ist man eine Blume" (Friederike Mayröcker)

Karin Kinast

HERBSTZEITLOS

Iatros Verlag

Bibliografische Information der Deutschen Bibliothek
Die Deutsche Bibliothek verzeichnet diese Publikation in der Deutschen Nationalbibliografie; detaillierte bibliografische Angaben sind im Internet über http://www.ddb.de abrufbar.

Umschlag: Gouache von Karin Kinast
Herstellung: Iatros-Verlag & Services GmbH, Dienheim
Druck & Bindung: SdL, Berlin

ISBN: 978-3-937439-12-9

HEUTE IST MORGEN UND MORGEN IST HEUTE

(DAS PARADOXON ZEIT)

„Ist heute morgen?" ist deine erste Frage am Morgen gleich nach dem Aufwachen. „Gehe ich heute in den Kindergarten?" die zweite existentielle Frage.
Abends suchst du mit „Heute ist nicht morgen!?" Ankerpunkt und Lichtung. „Aber heute gehe ich nicht mehr in den Kindergarten!?" verlangt Bestätigung und Gewissheit. „Einmal noch schlafen, und dann ist morgen", versuche ich dir beim Zubettgehen zu erklären. „Gestern ist vorbei und morgen kommt erst". Kannst du das verstehen mit deinen drei Jahren? „Heute morgen, Mama, wo waren wir da? War das morgen?"
„Einmal war ich in Amerika!", erzählst du im Tagesbewusstsein und von Zeiten, als ich noch Baby gewesen sei und du schon so groß wie Papa. „Das war gestern, da warst du noch nicht geboren, Mama", plauderst du munter weiter. „Heute ist heute und morgen ist morgen", gebe ich dir als magische Formel für alle Lebenslagen. Entspannt schläfst du ein. „Ist heute morgen?" fragst du beim nächsten Erwachen. Und es klingt weniger wie eine Frage als ein staunender Ausruf beim Ertappen der Zeit.

ICH BIN DER ZWEIFEL

aus der angst geboren
lebe ich im stillen
auf der suche
nach dem mut
der mich gezeugt hat
(bin der zweifel)

meine brüder sind
der kummer und der schmerz
und meine schwester ist die hoffnung
(bin der zweifel)

so lebe ich im nebelland
und teile meine eitelkeit
mit ungewiß und unbekannt
den nahesten verwandten
meiner alten mutter
(bin der zweifel)

am grabe meiner großeltern
da stehe ich
und will die antworten finden
auf zukunft und vergangenheit
(bin der zweifel)

ich bette mich des nachts
allein bei kerzenscheine
zu füßen meiner weisen freundin
dieser allverwandten liebe
(bin der zweifel)

schließe die augen
und öffne sie
und bin geblendet
vom lichte der idee
die mich erwachsen ließ
(bin der zweifel)

auf dem weg
das kind zu finden
das ich einst mal war

„die angst ist die mutter der zweifels die hoffnungshufe der liebe das weis(s)e pferd" (k.k., 8.5.95)

„wenn ich ein vöglein wär' und auch zwei flügel hätt', flög' ich zu dir. weil's aber nicht sein kann, weil's aber nicht sein kann, bleib' ich halt hier" (volkslied)

BRUCHTAG I
(oder)

die weggabelung oder heute ist bruchtag
das bett oder bin ich allein
die vögel oder wo bin ich
das fenster oder wo sind die andern
der rollstuhl oder wohin
die krücken oder warum
die stufen oder wann kann ich
der garten oder bin ich daheim

BRUCHTAG II
(oder)

die weggabelung oder heute ist bruchtag
das bett oder bleib ich das bein
oder flög ich wie vögel wenn
flügel weiss fenster hätt spiegel
zu dir oder rollstuhl weils aber
oder aber die krücken oder oder

die stufen oder nicht
sein kann ich sein kann
wann ich dann kann ich dann
warten der garten die vögel
oder/aber: kirschbaumblu(e)ten im wind

BRUCHTAG III
(oder)

oder schlafe ich (bin ich)
oder wache ich (war ich)
oder wäre ich würde
ich würde ich sein

BRUCHTAG IV
(oder)

heute ist bruchtag
– ohne oder
im bruchteil einer sekunde
war der fuß
: ab
nur mehr bruchstückhaft
erinnert – hatte ich mich
bruchstäblich in dich
verliebt

das unterst zu oberst kehren
heute ist bruchtag

ASPHALTSTÜCK

kein teil eines körpers
der sich bewegt
keine hand
die sich hebt
kein finger
der ein zeichen gibt
nicht einmal ein kopf
der zur seite dreht
um zu sehen
wo sein körper war

ein brustkorb
der sich hob und senkte

etwas wie erinnerung
(sonne die blendet)
oder: etwas das sich regt

kein teil eines körpers
der sich bewegt
keine hand
die sich hebt
kein finger
der ein zeichen gibt
nicht einmal ein kopf
der zur seite dreht
um zu sehen
wo sein körper war

ein brustkorb
der sich hob und senkte
hob und senkte

etwas wie erinnerung
(schlagende lider)
oder: etwas das sich regt

kein teil eines körpers
der sich bewegt
keine hand
die sich hebt
kein finger
der ein zeichen gibt
nicht einmal ein kopf
der zur seite dreht
um zu sehen
wo sein körper war

ein brustkorb
der sich hob und senkte
hob und senkte
hob und senkte

etwas wie erinnerung
(wolke die wendet)
oder: etwas das sich regt

kein teil eines körpers
der sich bewegt

keine hand
die sich hebt
kein finger
der ein zeichen gibt
nicht einmal ein kopf
der zur seite dreht
um zu sehen
wo sein körper war

ein brustkorb
der sich hob und senkte
hob und senkte
hob und senkte
hob und senkte

etwas wie erinnerung
(greifende glieder)
oder: etwas das sich regt

kein teil eines körpers
der sich bewegt
keine hand
die sich hebt
kein finger
der ein zeichen gibt
nicht einmal ein kopf
der zur seite dreht
um zu sehen
wo sein körper war

ein brustkorb
der sich hob und senkte
hob und senkte
hob und senkte
hob und senkte
hob und senkte

etwas wie erinnerung
(mondsaum der sendet)
oder: etwas das sich regt

kein teil eines körpers
der sich bewegt
keine hand
die sich hebt
kein finger
der ein zeichen gibt
nicht einmal ein kopf
der zur seite dreht
um zu sehen
wo sein körper war

ein brustkorb
der sich hob und senkte
hob und senkte
hob und senkte
hob und senkte
hob und senkte
hob und senkte

etwas wie erinnerung
(zerbröselnder flieder)
oder: etwas das sich regt

kein teil eines körpers
der sich bewegt
keine hand
die sich hebt
kein finger
der ein zeichen gibt
nicht einmal ein kopf
der zur seite dreht
um zu sehen
wo sein körper war

ein brustkorb
der sich hob und senkte
hob und senkte
hob und senkte
hob und senkte
hob und senkte
hob und senkte
hob und senkte

etwas wie erinnerung
(ein abschnitt aus
asphalt, der endet)

SO SCHUF ICH EINE FIGUR

(die heißen soll:
                                        teufel komm raus)

so biege ich um die ecke und breche
so breche ich um die ecke und biege
(auf biegen und brechen, auf teufel komm raus)
so wie und so früh und
                    so weit ich es sagen kann

biegen und brechen
die knochen die kochen
(fatal, dass dabei gar soviel brechen kann)

fragst mich so brach ich
(so wort ich so wurd ich)
wie geht es so frag ich
(so biege ich breche ich)
brech ich, im voraus (auf teufel komm raus)

DAS VERFLIXTE SIEBTE
(hoch, auf der ebene)

er war oben angelangt
aber wo war oben

sollte mittags sein
die sonne stand im westen

sagte: „nun breche ich"
und wandte seinen blick gen osten

ein bein nach west ein bein nach ost
ein silberner faden zum zerreißen

sagte einer: „setze dich,
tugenden sind nicht zu erlernen"

jugendliche blüte senkte
ihr schütteres haupt

erkannte die konturen
eines weißen raben

IM SIEBTE NJA HR
(ho, ch auf der eben e)

er war oben, angel angt
aber wo war o ben

s ollte mittag s s ein
die sonne stand im w esten

sagt e: „nun br, eche ich"
wand tesei, nen blick gen oste n

ein bei nn ach west ein bei nn ach ost
einsilbern, faden zum zerreißen

sagte ein e r: „setze dich, tug
enden sind nicht zu erlernen"

jug endliche blüte setzt e sich
senkte ihr schütt eres hau p t haar

e r kannte die kont uren eines weißen ra be n
im schneefeld, unter i, hm

VON WIEN NACH WENDELSHEIM UND WIE ES MIR DENN HIER GINGE

fragen die, die mich noch gar nicht
kennen - der mich erahnt, vergisst

doch fragt: was tun
in wendelsheimer lage?

ein augenblicklich schmerzlicher gesang,
fängt beides gleich mit w doch an.

ach schwester, ironie läßt mich erblassen,
schon pfeift der wind mir um die ohren

abendlich am wingert, der blick
dem sonnenuntergang entgegen

verschluckt, verschlungen,
ahnungsvoll versunken, dankbar

bin ich hier, so will ich bleiben,
hier, wingert, trullo ich mir finde

baue, suche, maure, binde -
kurz ruh für meine wandervolle seele

von w nach w, als wär's der anfang
einer langen reise, endlos?

frag die schwester! ruf die mutter!
beide werden dich in ihre arme nehmen

wiegen, tragen, trösten, fragen,
ob du weißt, warum du hier bist?

nein, noch nicht, und hat doch
trotzdem alles seinen sinn

du prüfst den stand und auch den grund
und weißt, wer w sagt, sagt auch w

von wien nach wendelsheim,
von wendelsheim nach wien

in vollen zügen, tour retour

(wendelsheim, 1998)

HERBSTZEITLOS

ich hab den tag verbracht
dir zuzugucken bäuchlings
auf der grünen wiese nasenspitze
nah dem gras die finger
krallen fest in warme erde bauch
der streichelt liebevoll die gänseblumen
mund und zunge lecken alles
was verboten alles
neu mit händen, füßen

hab den tag verbracht
dir zuzuhören, lustvoll
wie du plauderst mit den
bären, hasen, steinen
du erzählst, du lachst
du singst der vögel lieder
große augen, dunkelbraun

den tag verbracht
dich hochzuheben und zu tragen
durch den wind der rauen blätter
herbstzeitlos
im schritt dich wiegend

tag verbracht
mit zählen deiner haare
sanftes streicheln

in den schlaf der nacht verbracht

(geschrieben am 21. sept. 1999
zur herbst-tag- & nachtgleiche)
für manuel amarin

» JETZT SCHON! «

wollen
mit geschlossenen augen
wach werden, aufstehen,
milchflasche

arme
um den hals von mama
hoch! am herd
die heißen töpfe

rausgehen
an die sonne. garten
teich, die fische
wasser, nass

sandkiste
ameisen, würmer, steine
– nüsse mit den
steinen öffnen

treppenhaus
ein klammern an die beine
hochheben, tragen,
aua knie!

reiten auf
den schultern von papa
immer wieder. bettzeit
          (noch nicht) müde

KINDER

der kinder körper wachsen
während wir nur noch älter werden

der kinder augen suchen nicht
sie sehen das was sie beglückt

der kinder hände formen erde neu
die wir schon tausendmal betreten

der kinder geist forscht immerzu
während wir beginnen zu ermüden

LETZTE NACHT

ist fenchel,
kamille.
ist warten,
ist stille.

BUCHSTABENSUPPE, DICHTER TAG

das kind in den kindergarten
das fahrzeug richtung supermarkt
die lebensmittel treppen hoch
die wäsche in den keller

die zeitung aus dem brieffach
den hennabrei auf die haare
die finger über tastatur
das hinterteil auf die brille

den hörer auf den apparat
das wasserglas an die lippen
die nudeln in den suppentopf
den haarschopf unter wasser

die zeitungen zum altpapier
die wäsche an die leine
das altglas in den kofferraum
den schlüssel in das zündschloss

die briefe hin zum postamt
das kleinkind aus dem auto
die suppe in den teller
die buchstaben im kopf

GEDANKENSALAT
(LICHTE STELLE)

gewechselt habe ich die kleider nicht
gewaschen habe ich die hände
bevor ich das papier ergriff
es zittern stift und finger

das kind im schlafe
roter stoff verblasst
die eine stelle rechts am knie
gerieben an den worten

die zeit ist schnell
und stolperstein
der alltagsbrei verdeckt die sicht
dahinter kleine dinge

gedanken drängen
haut scheint durch
gewebe rot, verbeult
die eine lichte stelle

ein knopf springt ab
ein knopfloch ruft
» hautknospenflug «
hinaus durch's tor der nacht

WENDEZEIT

ende zeit
das blatt im fluge
wendet sich
es wendet sich
das leben

zeit zu ende
zeitenwende
die zeit ruft:
umkehrschluss!
es rasen die motoren

entschleunigung
behinderung
die herzen flattern
hirne schwirren
füße weg vom gaspedal

sprachlosigkeit
am firmament
der hoffnungsfunke
stirbt zuletzt
es ändert sich
die richtung

kehrtwende
einkehr
wendezeit
verschwendezeit
endet
neues wird

VIELLEICHT SIND WIR HIER

um die einheit wieder herzustellen
um aus der zerrissenheit
wieder herauszufinden
der verstrickung aller widrigkeiten

vielleicht sind wir hier
um einander zu begegnen
um uns ineinander zu spiegeln
und uns zu erkennen

vielleicht sind wir hier
um aus den trümmern
häuser zu errichten
in welchen nicht nur wir
wieder leben können

vielleicht sind wir hier
weil wir den mut haben
uns zu öffnen und
zusammenzubrechen
um daraus die kraft zu gewinnen
die anderen fehlt

vielleicht sind wir hier
weil wir den ruf
unserer seele gehört haben
und ihm folgen konnten

im vertrauen auf die
eingebundenheit ins all

vielleicht sind wir hier
weil das hier und jetzt
jeder einzelne moment
den nächsten,
weiteren schritt einleitet
richtung heilung

DIE DICHTERIN
ODER: WENN TRÄNEN (VER-)SIEGEN

tränen in sprache gießen
soll ich, so rätst du mir,
du, die du das wort
wie kristall aus
tränen formst

weine nicht nach innen,
sagst du mir, besorgt
um das kleine mädchen
in mir, das angst hat
vor verlust

abschiede voll leben
und das dunkel in mir
voll akzeptieren als
einen teil von mir
der berechtigung hat
zu existieren

LISA

ich denke oft an dich
du bist allgegenwärtig
manchmal fließen tränen
hinab ins grüne tal

ich wandere auf
bemoostem grund durch
einen wald, der mich
zu einer lichtung führt

dort steht ein baum
streckt seine äste aus nach
mir, mein baum, er ruft,
ich höre seine worte

lehne mich an ihn,
den rauen, starken stamm
und spüre seine kraft
in meinem rücken

sohlenwurzeln
spür' ich wachsen
himmelstriebe sich
nach oben strecken

ruhend werde ich zum
baum der grenzenlosen triebe

traum der unbegrenztheit
und der liebe

reiche dir die hand
und spür' sie wieder,
deine kraft, die
nicht geschwunden

offenbare dir
den kummer und den
schmerz, die vage angst
und auch die hoffnung

denn du bist und
wirst auch immer sein
und doch, wir weinen
weil es sein muss

FEUERWERK
(silvester 2005/06)

wie aus dem nichts schoss ein
feuriger pfeil aus dem boden und
durchschnitt den nachtschwarzen himmel
des alten jahres.
sie stand am feld ihrer kindheit.
ihre sehnsucht zog sie weg, weit weg,
an strände vergangener lieben.
tausende von lichtblitzen entsprangen
einem unsichtbaren lichtkern.
radial nach außen entwickelte sich
ein spiel von abertausenden von lichtpunkten.
ein unendliches lichtermeer entfaltete sich
und ließ den nachthimmel blendend erstrahlen.
ein feuerwerk der gefühle,
abspringender funkenflug in sekundenschnelle,
zeitlich versetzt aus dem herzen geschossen,
abspritzend, auspuffend,
jeder funke einzeln - *für sich* -
auflösend in ein nichts

HEUTZUTAGE

heutzutage ist es »*in*«,
bewegte weihnachtsgrußkarten
durch den virtuellen raum zu schicken
& sich in der silvesternacht von bimmelnden
handyklingeltönen beglücken zu lassen

keine bekannte handschrift,
keine vertraute stimme mehr am telefon.
die zeiten haben sich geändert

signale aus dem cyberspace:
vibrationsalarm macht hände warm,
lässt herzensfeuer glühen

MEINE WIENER WOHNUNG – »KLOTZ AM BEIN«

dieser schreibblock
ist ein relikt
meiner wiener
vergangenheit
meiner alten wien-geschichte
wiener wohnung
wohnen gewohnt haben
gewohnt sein
klotz am bein
meine wiener wohnung
klotz am bein
loswerden losgeworden
frei geworden
leichtfüßig
hier in deutschland
unterwegs

SPLITTERNACKT

hab mich sehr gefreut,
eine österreichische stimme,
deine stimme, unerwartet
wie der fall der nuss
vom baum das wiedererkennen
deiner stimme
einer österreichischen stimme
unverkennbar, nah und mehr noch
als vertraut zu später stunde
durch die heißen drähte zu vernehmen
lebenszeichen durch den äther
jagen, machen wach
& inspirieren
sehnsucht nach der wiege österreich,
der unverblümten wahrheit
verlangen nach der hybris wien
vor dem computer
splitternackt

für batja horn (edition splitter)

SCHOKOGIER

augen zu, beiß hinein,
schnell wird das kleine süße unten sein

hände leer, gaumen rau,
zunge sucht, der bauch ist flau

zähne knirschen, krone auf krone
das nächste mal – genieße die schokobohne

SCHOKOKUSS

cellophan raschelt, vor freude
speichelfluss, papier gedreht
zwischen fingern, lösen die
verpackung süßer verführung,
verschwindet in meinem mund.
genüssliches lecken, drehen, mit
der zunge umspielen, verzückung
dem kern immer näher, löst sich auf,
verträumtes nachspiel mit geschlossenen
augen, nicht aufwachen wollen

LASS MICH
(ein liebesgedicht, jawohl)

dein paradiesapfel sein
deine honigsüße melone
dein galliger fliegenpilz
nicht aber ausgepresst
: ach so zitrone

von mir aus
auch pampel die muse
ro(h) apfel die sin(n)e
auch pflaume dein mus(s)
aber nicht doch
oh rote: so weh
die grütze

schenk
anfang und end mir
vertraut bitter kaff dir
ein mit & ein ohne

groß schwarz
kühl und blond
süß und scharf
heiß und kalt
manchmal schlag
aber niemals sag
schmand mir

mal sahne, mal schwitze
aber wehe
du sagst kloß mir
sag knödel, sag schwammerl
sag kipferl zu mir

für steffen,
im sinne der aufrechterhaltung
deutsch-österreichischer beziehungen

AB UND ZU

ab und zu
entgleiten sie mir
zettel menschen
zeit getier

dann sind sie plötzlich
wieder da
an orten
wo sie immer waren

ZUM GLÜCK

zu jedem menschen kommt einmal das glück
» welch glück «
du musst nur lange genug darauf warten
» mein glück «
ab und zu auch was dafür tun
» dein glück «
und manchmal sogar dafür bezahlen
» viel glück «

DIE VOLLENDETE KATASTROPHE

einer, der nicht mehr isst
über einen, der sich selbst vergisst

einer, der nicht mehr aß
über einen, der das letzte fraß

einer, der nicht mehr trank
über einen, der im nichts versank

einer, der nicht mehr fror
über einen, der alles verlor

einer, der nicht mehr ist
über einen, der sich selbst vermisst

DIE UNVOLLENDETE KATASTROPHE

hat 2 ohren, 2 zeigefinger
und 2 krumme kleine zeh'n
(der rest dazwischen
: kann geh'n)

für deszö tandori

„ein Buch muss die Axt sein für das gefrorene Meer ins uns" (Franz Kafka)

CARPE DIEM : AXT BLEIBT AXT

schemel zu schemel
und pfütze zu pfütze
sichel aus mondgestein
auf dass es nütze

gaben zu gaben
und bänder zu bändern
strichwerk aus stelldichein
bis zu den rändern

zirkel auf zirkel
und quader auf quader
schnüre aus baumwollgarn
fast ohne hader

faser zu faser
und bündel zu bündel
sehnsüchtig quellenwärts
rücklings zum mündel

zellstoff zu zellstoff
und plunder zu plunder
anfangs noch ohne wert
letztendlich zunder

IST TOR, IST TOD

steht hier,
geht fort
:
öffnet pforten,
träumt in silben
:
findet weiches,
soll's verwinden
:
lässt den schemel,
tritt in pfützen
:
sucht verkanntes,
will es nützen

NICHTUNG

ist nicht stadt
ist nicht trog

ist nicht land
ist nicht sog

ist nicht holz
ist nicht kohle

ist nicht tal
ist nicht sohle

ist nicht karst
ist nicht gipfel

ist nicht tann
ist nicht wipfel

ist nicht rand
ist nicht mitte

ist nicht band
ist nicht sitte

VERNICHTET

gerändert, gesittet
gekarstet, gemittet
getannet, gegipfelt
gestädtert, gewipfelt
getälert, gekohlet
geholzet, gesohlet
geländert, gesogen
gebändert, getrogen

VERDICHTET

das gelebte
und das ungelebte leben
findet sich in lindenholz geschnitten
» auf ein wort «
in dichters namen
deine werke sind das pfand
– wehe, müde dichterhand

BINDUNG / BEDINGUNG
(bejahung / wege 1)

wenn du gehst
dann gehst du

wenn du stehst
dann stehst du

wenn du füllst
dann füllst du

wenn du leerst
dann leerst du

VERJAHUNG / BENEINUNG
(sisyphus / wege 2)

wenn du gehst
dann stehst du

wenn du füllst
dann leerst du

wenn du stehst
dann gehst du

wenn du leerst
dann füllst du

VERBINDUNG / SICHTUNG (versuche / wege 3)

wenn du stehst
dann füllst du

wenn du gehst
dann leerst du

wenn du gehst
dann füllst du

wenn du stehst
dann leerst du

MAIS UND LABYRINTH

auf dem weg durch's labyrinth
hatte ich eine maisspur gelegt, nur
: das huhn nicht bedacht,
das mir lächelnd folgte.

nun steh'n wir, huhn & ich,
im zentrum ohne faden,
ratlos, fragend, wartend,
was sich tue

ES REGNET, ENDLICH

I.

was machen, wenn es dir so geht wie mir
– der mond ist voll in auflösung begriffen

was machen, wenn du dich verkriechen willst
– in dich hinein ein bisschen ruhe

was machen, wenn du gar nicht weißt, was tun
– wohin mit den zitronen?

II.

dein herz, es tanzt, es spielt theater,
mal hoch, mal tief, es weiter blubbert.
ein seiltanz deiner stimmungslagen - ringelrei -
gewissheit, alles wird sich regulieren, finden.
kreide, farben, pinsel, stifte,
tusche, tinte - hand, die führt. du bist dein
instrument. ein tonstück ward geboren,
heute, hier, allein - gestimmt aus dir,
den saiten deines lebens ...

III.

das blatt papier ist pappig, matschig.
das schwarz auf weiß verläuft, zerrinnt.

es lässt sich gehen.
noten fließen zeilenlos.
so fühl' ich mich, im regen stehend,
schirmlos atmend, dampfend, herzzerfließend.
innig eins, nun kann ich gehen.

FREIE UMSTÄNDE

I.

ab & zu renne ich
gegen eine wand

ab & zu kämpfe ich
gegen widerstand

ab & zu geht mir
die puste aus

ab & zu verkriech' ich mich
im schneckenhaus

II.

einmal ist es zu früh
und einmal zu spät

manchmal zu abstrakt
und manchmal zu konkret

einmal ist es eilig
einmal hat es zeit

manchmal ist es nahe
manchmal ist es weit

III.

und immer
sind die anderen
daran schuld

URSPRUNG UND ZIEL

wo gehst du hin
im eisblütenmeer?

die frage ist einfach
die antwort ist schwer

im eisblütenmeer
wo gehst du hin?

die antwort ist einfach:
der weg ist der sinn

FARBENPRACHT

dieses bizarre gelb
unter magischem blau
ist wie honig im meer
verlorener kindheit

erleuchtete fenster
ein zartes glitzern
strahlende augen
vor dem weihnachtsbaum

ich verharre stundenlang
in ein und derselben position
nase himmelwärts
schweigsam im träumen

rot tanzend
grün zitternd
die erde mich küssen lässt
– goldener herbst

NEBELTAG

einsam dorf verdeckt,
versteckt. kirchturmspitzen
sich verbünden, stechen
durch das silberfeld
– wollen tragen himmelszelt

ALLERHEILIGEN, ES LICHTET SICH

baumskelett
mit einem schopf von
gold'nen blättern
eins ums andere
geht auf die reise
lose folge, fangenspiel
– wiese sei das nahe ziel

HERBSTBILD

übereinander gelagerte
silhouetten
schwungvolle bögen
nuancen
in blau rot braun
grau gelb
von lila bis rosa
ein hauch von verspieltheit
– schattierung der nacht

HERBSTLICHE SZENE

der meister des farbenspiels
ruft seine jünger
den wind, den nebel,
den regen, den frost

der wind lockt die blätter
der nebel die sonne
der regen die vögel
der frost das gewürm

die blätter verfärben
die sonne verdeckt
die vögel verziehen
gewürm sich versteckt

verfärben, verdecken
verziehen, verstecken
der meister des farbenspiels
freude entdeckt

ARMSHEIMER IMPRESSIONEN

AUF DER KACHEL

vor wochen hieltest du die nüsse fest
ziegel und hölzer verhingen sich im nest

die krone war schwer von deinen kindern
darunter standen wir mit offenen mündern

sturm, wind und regen konnten dich necken
nun will das blattwerk am boden die früchte verstecken

gebückt ohne handschuh auf rutschigem laub
ein dicker regenwurm macht sich aus dem staub

zwei volle eimer nehme ich mit nach haus
schuhwerk und reifen voll schlamm, das zahlt sich aus!

ARMSHEIM IN BILDERN

der geiersberg auch ohne flammen steht
als hüter über flur und weg

die schranken gehen tief und hoch
die züge fahren immer noch

der dicke und der spitze stein
am wiesbach laden zum verweilen ein

die schimsheimer effe hat's nicht überlebt
das urteil gefällt, in bildern sie seht

GEWITTER

wenn die wolken platzen
& es oben grollt,
da spielt der liebe gott
mit seinen engeln kegeln
jedes blitzen ist ein treffer –
& wenn alle neune sind gefallen,
tut sich auf mit donnerschlag
ein neues loch im himmel
ein neuer, heller tag

HERBST DES LEBENS

es geht der grauen zeit entgegen
im garten wendet sich das blatt

du hast gesät und auch geerntet
allmählich werden glieder matt

die sonne lässt sich selten blicken
steht hinter'm hang, doch sei bereit

an gegebenem ort, zu gegebenen zeiten
triffst du sie wieder in altem kleid

HERBSTSTÜRME

wenn die herbststürme hereinbrechen
zieh die mütze bis tief über deine ohren
und halte deine träume fest -
sie könnten dir entgleiten

WINTER

wenn der himmel sich mit grau bekleidet
und die erde sich in ihr starres korsett zwängt
ist es zeit, den spaten aus der hand zu legen,
bis die nebelschleier weichen,
– bald werden tag und nacht sich wieder gleichen

WEIHNACHTEN AM MEER

die linien auf papier
fallen leicht wie der
seichte flug der möven
knapp über den wellen

hinter dem sandstrand des
heiligen abends beginnen
die girlandenumwundenen
palmen zu leuchten

hier und dort finden
strahlende kinderaugen
ihr glück in päckchen
mit spuren von engelshaar

der gedanke an schnee
lässt die sonnenerhitzte haut
aufzischen wie prickelndes eis
auf glühenden kohlen

DEMETER WEINT

das kornmädchen hat
beschlossen
in die unterwelt
kehrt es nicht mehr zurück
dem hades ist
persephone entkommen
von vater zeus
wird kore erdrückt

MÄRCHENLAND IST ABGEBRANNT

aschenputtel,
du buttelst im dreck
deine nägel sind gebrochen
dein stolz ist weg

rapunzel,
lässt dein haar herab
schon bist du willig
und gräbst dein grab

pechmarie,
wie lange noch
soll offen bleiben
das schwarze loch?

sterntaler,
du hast's überseh'n
schön längst kannst du allein
über alle straßen geh'n

aschenputtel,
hör nicht auf die moden
rapunzel,
schneide ab dein haar

pechmarie,
verlass dich auf die wogen
sterntaler,
glätte die gefahr

das märchenland
ist abgebrannt, da gibt es
keine hexen mehr
und keine märchenfrauen

dornröschen,
du schläfst im schneckenhaus
schneewittchen,
spei die sanftmut aus

carola, elvira,
vanessa, marie
streckt aus eure arme,
vergesst euch nie

REBELLION

am rücken trage ich
die lust des lebens
einem bündel gleich, das
leicht zu öffnen
und zu schließen

will dich öffnen,
bündel, lass mich testen
von dem süßen
kraut, mich lechzet nach
dem blauen saft

will atmen blauen
dunst, der heilen soll,
die strenge brise
mich betört,
benebelt meine sinne

einem käfer gleich
mit einem bündel,
eng geschnürt, trag ich
die lust des lebens
auf dem rücken

käfer liegt
mit beinen hoch
und zappelt
zappelt
zappelt

für miro

BLINDE WUT

du schlägst mich, freund
weißt nicht warum, das
tut mir weh, wir drehen
den spieß mal um

ich schlage dich, freund
– weiß warum, du
wehrst dich, schreist,
schlägst wild herum

wir weinen beide,
wissen warum
wir finden das beide
mehr als dumm

AUGEN-BLICK

irgendwann einmal
muss es gewesen sein,
dass wir einander begegnet waren
unter dem grauen himmel des tages
oder in sternenklarer nacht

zwei augenpaare, die sich kreuzten
zwei herzen, die sich gefunden
zwei seelen, die sich kennen
– fremd vertraut -
wie sonne, mond und sterne,
tag & nacht

irgendwann einmal
saßen wir an der quelle
der sehnsucht
und tranken
wir nahmen einander
an den händen, fassten mut
und sagten: komm!

da traten wir eine reise an,
gemeinsam und dorthin,
wo keiner von uns noch
bisher gewesen war
- außer im traume

irgendwann einmal
werden wir sagen
»weißt du noch, damals?«
& irgendwann einmal
werden wir angekommen sein

GEMEINSAM REISEN

über holprige pisten
und weite felder
durch flüsse
und scheinbar
undurchdringliche wälder

wir robben, wir zappeln
wir bleiben liegen
wir rudern mit den armen,
wir lernen fliegen

(23. juni 2001)
für gabi & werner

LABYRINTH I

ein labyrinth ist kein irrgarten
es gibt nur einen weg,
keine sackgassen.
kurven und wenden
führen hin und wieder weg
von dieser einen mitte.
ungeduld und bange, zittern -
aber irgendwann, das ist gewiss,
bist du am ziel. die mitte
ist der tod

für ernst jandl

LABYRINTH II

in windeseile durchlaufen
– mitte des lebens,
mehr oder weniger –
baum möchte ich sein
verwurzelt, verankert
der witterung trotzen
den sturm überstehen

nass sein, mich schütteln
blühen, früchte tragen
und abwerfen
– blattwerk im fall,
es ist meines –
jahr um jahr
schicht um schicht
fast werde ich müde

beim zählen der ringe
schlafe ich ein

VOGELGEZWITSCHER

erfreut meine seele –
wohltuend die kühle brise des windes
nach sonnenumtanzten schleifen
am hornberg, hoch über der
weite des landes

in sanften silhouetten schmiegen sich
felder und bäume an hügel
und hügel an wälder und
wälder an berge und
berge an den himmel

irgendwo fließen grenzen ineinander,
lösen sich auf.
irgendwo ist alles eins.

(tanz durchs labyrinth am hornberg,
framersheim, 8. juni 2004)

LIEBSTE FREUNDIN

ich sehe dich
im weißen kleid
zur erstkommunion
am kircheneingang
stehen neben mir
mit kessem blick und
eleganten beinen

ich sehe dich
mit langen zöpfen
zahnlos, frech
im garten deiner eltern
sitzen neben mir
auf der mauer
neben gartenzwergen

ich sehe dich
mit deinem kinderfahrrad
um die kurven flitzen
des nachbarn erdbeeren klauen
flöte spielen
sitzen neben mir und gehen
wenn ich klavier spiele

ich sehe dich
in weißem doktormantel
im spital bei alten leuten,

kranken hoffnungsvollen,
mit dem tiefen blick
des diagnostizierens
und erkennens

ich sehe dich
in weißer hose,
loser bluse, braunem tuch
verhüllt, dich schützend
vor den einblicken
neuer nachbarn,
vor dem winde

ich sehe dich
alleine, fröstelnd,
ohne mann und kind,
und eltern, die verwoben sind
ins rad des alltags, tatenreich
du wartend, mutig,
harrend aller dinge

ich sehe dich
dem unbeachteten
aufmerksamkeit schenkend,
dem lauf der ameisen,
den rissen in der erde,
dem ergießen des regens,
den langsam wachsenden gräsern

ich sehe dich
am meer den wellen lauschend
in dalmatien neben slavica
in der beller kirche neben mir
bei dir zu hause, in deinem garten
als heilerin mit langem kaftan -
pflegerin deiner landschaft

LETZTER WILLE

streut meine asche
von einer hölzernen barke aus
weit hinaus über's offene meer.
schweben wird der staub
inmitten dunstiger lüfte,
kurz aufstieben wie tausend
grau gefiederte vögel
& sich senken wie asche,
die vom himmel fällt.
dem ruf des gemächlich
wogenden meeres folgend
versinken staubkörner im
fluidum allen lebens.
aufsteigen wird ein flimmern,
ein leuchten, ein lichtblitz,
der dem meer entspringt.
hier oben ist es still, ganz still.
das all ist meine heimat,
der seelen zufluchtsort.

(6. juli 2004)

DAS SCHWARZE KLEID

am bügel der zeit:
einst trug es stolz die holde maid
zum tanze –

von edlem tuch, das keinem gleicht
behangen mit dem zierlichen geschmeide
wird es mich schmücken
– dankes gleich –
als glied einer ahninnenreihe

(31. august 2004)
für friederike simon

GESÄUMTE ZEIT

es ist soweit
das kleid zu lösen
das dir gab die welt
was dir erhält
den pulsschlag
motor schalte ab
durchtrennt
der nerv der zeit
am brennpunkt
nullpunkt
anfang ende
schließe kurz
im reflektorenlicht
der letzten kilometer
räume deine rennbahn
säume auf dein los

HEUTE
(ELFTER SEPTEMBER 2001)

sitze ich am hebel meiner zeit
rufe mich ich bin bereit

des meisters hand malt das gewand
mit dem du überschreiten wirst den rand
der zeit und fallen wirst ins
jenseits aller eitelkeit

GENERATIONEN

in einer sekunde gezeugt
und in einer erloschen
sind wir zeugen für den
streich des lebens

ersonnen, erprobt
und wieder verworfen
sind wir erfindungen
ohne patentierung

herangereift, ausgetragen
und wieder verschlungen
sind wir platzhalter
auf dem servierteller zeit

TOTER WINKEL (SECHZEHNTER MÄRZ, DURCH TOTENBRILLE)

ich stehe am fenster, romantischer
waldblick, » klee's mühl'che « am wiesbach
auf schwankenden beinen: IRRE RÄDER
rasen blindlings in tödlich geviert
(» eine sense seh' ich blinken «)
– da, aufprall, knall, bersten
(sekunden später: » von unheil
kündet sirenengesang «)

REBELLISCHE NEUMONDNACHT, erbricht
zunge und blut im schwall, HIRNPLATZEN
zwischen SCHÄDELBASIS (abfallender
mauer) und KIEFERBRUCH (splitterasphalt)
KAUM KURVE, keine losung,
(» fersenschub löst sich «),
ROTES BLECH GESCHNITTEN in
(» lindenholz trauert «)

fernab ein aufschrei, übertönt von
blaulicht und martinshorn, blinkende
einsatzfahrzeuge aus allen richtungen
sperren die durchfahrt vom berg und
vom tale von überall her fahrzeuge
werden langsamer wenden gebeugte
retter erheben sich, rettungswagen rollen

von diesem unfallort zu einem anderen,
passanten starren auf das rotlackierte
wrack am baumstamm - NOCH NAGT
NEUGIER (abschleppwagen, dann
das schwarze auto), ungeschminkte
augen, graues tuch bedeckt die
umgeknickten körper, flutlicht leuchtet
AUS die show des todes:
lichter löschen, straßen räumen, AUS
kein sterbenswort mehr hallt auf
blankgefahr'nen metern, gespenstischer
stillstand, die reifenspur endet
im toten winkel der mobilen
gesellschaft, die SENSE AN DEN
FERSEN, (» achilleis der asphaltzeit «)

„stell dir vor, es ist krieg, und keiner geht hin"

ENDLICH

der krieg ist vorbei,
es gibt keine vögel mehr

MARS AM REISSBRETT

der krieg zeichnet bilder
er fragt nicht um rat
wenn er sterne ausmalt
spritzt rot auf das grab

er ordert gehorsam
sie taumeln herbei
er ritzt ihre leiber
sie reißen entzwei

die körper verenden
auf weiter flur
ihre konturen verlaufen
in blasser spur

gestundete krieger
am hohlsaum der zeit
unzählige köpfe rollen
unausgemalte leere bleibt

MASSENMORD

wir sind die schwarzen reiter
wir kündigen die zeit
wir schreiben rote briefe
wir sind zum tod bereit

KRIEGSSPIEL

komm, wir spielen töten
komm, wir spielen krieg
wir haschen uns ein opfer
wir sind jetzt nicht mehr lieb

wir greifen zu den waffen
wir suchen einen feind
wir brauchen neue ziele
wir opfern einen freund

wir kämpfen gegen terror
wir kämpfen gegen macht
wir streben an die herrschaft
von welt von tag und nacht

SIEG

wenn du aufhörst
zu hassen
erst dann hast du
gewonnen

OHNMACHT UND MACHT

ich sage »nein« zu george bush,
aber das ist zu wenig

ich sage »nein« zu saddam hussein,
aber das ist nicht genug

ich rufe alle menschen auf
zu frieden und versöhnung

doch die mächtigen
sind taub und blind

die worte, die ich spreche,
werden nicht gehört

die zeilen, die ich schreibe,
werden nicht gelesen

die briefe, die ich abschicke,
erreichen nicht ihr ziel

die bilder, die ich sehe,
zerreißen mir das herz

ich bin gegen krieg,
aber es wird ihn immer geben

ich lehne gewalt ab,
aber sie waltet und regiert die welt

könnte ich eingreifen,
ich würde sie entmachten

den wahnsinnigen
das zepter entreißen

die kräfte anders verteilen,
recht sprechen vor unrecht

achtung und würde predigen,
leben ohne blinde gier und wut

die hand sollen wir reichen
dem vermeintlichen feind?

vergeben, aber nicht vergessen
in frieden mit dir ...

NACKTER SCHATTEN, NACKTE ANGST

was soll ein kind, das
eben noch vernommen hat
den ruf der eule?

da hallet wider unberechenbar
der schuss, der ungebremst
hereinbricht in den chor
der ungehörten stimmen

verlass'ne klassen, keiner sah
die geisterhand im mondschein
an der schwarzen tafel,
niemand hörte klirren glas
das auf den boden fiel
bei morgengrauen überfiel
die schule das entsetzen
nackter schatten, nackte angst

was soll ein kind, das
eben noch vernommen hat
den ruf der eule?

(erfurt, 26. april 2002)

ES HAT GEKLOPFT
(sturm regen frühling, 20. märz)

hausarbeit entlastet, beruhigt
(brustschwere
            herzrasen
                        kopfsausen)
gedanken über plötzliche tode
                        und solche
die sich ankündigen

(» des lebens letzter weg führt
auch an deinem haus vorüber «)

                      fenster schlagen
            türen knallen
angst vor dem sterben
löst gewitter aus

UNTERWEGS

im hochnebel geistiger leere
meine gedanken entfliehen
durch ein schlupfloch richtung ende
einer zeit des kämmens
steifer puppenhaare

allwetterreifen vertrauen sich
den weißverschluckten
fahrbahnmetern an, ein
augenpaar sucht angespannt
nach wegesrand und spur

kein ankerpunkt zu greifen und
kein licht erahnter weggefährten
der eindruck bleibt, verirrtsein
wie ein schiff auf off'ner see,
alleine treibend, ziellos

SONNE GILBT ROSENROT (SONNE BLUMT ROSE)

I.

den see entlang wandeln, während die
sonne scheint, das erträumen sich
viele, nur manchen ist es erlaubt
& nur manchmal. so gerne
würden auch andere sich
an duftigen blumen ergötzen
ihr los jedoch ewiges wandeln
durch mooriges moos oder
ständiges nippen an rumigem fusel

II

den bon gewonnen
die nuss geknackt
die glückssamen verlesen
& ausgestreut

III

die seele baumeln lassen
während die eule
zum nachtgebet ruft
nur nicht
den letzten bus versäumen

IV

eros am wogenden
busen des meeres
treibt chaos ins messer
auf schwindliger höh'

LEBEN

I

ein ständiges wettrennen
ein feilschen mit dem tod

II

in letzter konsequenz
ein rennen durch die oese

NEBEL

hypnos im dunklen nachtgewand
reitet durch weiß auf nebelhand
thanatos winkt im vorübergeh'n
ins land des vergessens, schatten
der nacht, nyx bleibt besteh'n

QUETZAL

der buntgefiederte
götterbote ließ sein leben
der prachtvollen schwanzfedern wegen

WAGNIS

nach oben hin sprudelnd, nach unten hin dichte
spuren von rinnsal, schicksal
wagnis in blau
zuletzt weiß

LAKE ATITLÁN

wassergeister weißen das
dunkel des grundes
ein fischkopf schnappt auf
was unaussprechlich
am boden des gewässers
relikte von körpern
erschossen, ertränkt
beraubt ihrer seele
in rinnsalen laufen
die tränen der lebenden
gischt spritzt auf
spuren verwischen
was keiner zu sagen wagt,
weiß dieser see

SÄULEN DER NATUR (VERMÄCHTNIS DER MAYA)

urwaldriesen lassen ahnen
stufen einer mächtigen kultur
was vor tausenden von jahren
einzig, groß und wahrlich war

wie sich still und im geheimen
mannigfache wesen trafen,
pyramidenbauten wuchsen,
tempelstädte im entstehen

was zum eig'nen schutze
mühsamst ward geworden
was verborgen konnte
nur geschehen

ward von menschenhand
in kürze umgeworfen
brandgerodet, rote wüste
bleibt bestehen

MEIN ALTES KARTOFFELHERZ

Rund um die Kartoffel scharen
sich Menschen aller Völker, aller
Rassen. Die Kartoffel ist die Mitte,
um die sich alles dreht. Das
Brot der Armen, es ernährt sie.
Gibt ihnen lebenswichtige Nährstoffe,
Energie und Arbeit. Am Kartoffelacker
rackern sie. Jahr um Jahr, Tag um
Tag. Setzen kräftiges, gesundes Saatgut
in die Furchen. Saatknollen,
suchende Augen, keimende Triebe.
Ernten die Knollenfrucht, Erdäpfel
in allen Größen, voller Hoffnung,
darauf folgen Hiebe.

Patates oder papas heißen sie
im Land der Sonne.
Nachtschattengewächse, die sich
freuen, ans Tageslicht zu kommen.
Väterknollen aber rollen, überrollen uns,
das Volk im Osten. Dunkel wird es hier
ums Regenbogenherz,
schwarz-blau und dunkel, immer dunkler.

Mütterknollen aber wollen weiter wachsen
und gedeihen, sich vermehren
ohne Angst und Scham. Doch
Schädlinge sind resistent geworden.
Kälte macht sich breit im Land.

Mein Kartoffelherz, das ist bedrückt,
verdrückt, verschrumpelt. Baumelt
noch an einem roten Faden, mit der
Frage, was sich ändern wird und wie
in welche Richtung. Menschen
aller Länder wollen leben, überleben.
Potatoes kochen in der Schale,
papas fritas brutzeln, und die
internationalen Pommes winden sich
im heißen Fett. Die Zeit ist reif
für das Pürree, die Umkehr.

(Erdapfel, du meine große Liebe,
sei für alle da und lass die
Bombe niemals zünden)

INHALT

Karin Kinast, geboren 1960 in Linz / Donau, studierte Germanistik und Ökotrophologie in Wien. Abschluss 1985. Von 1986 bis 1996 ständige Mitarbeiterin der Berufsvereinigung der österreichischen Schriftsteller/innen („IG Autorinnen Autoren"). 1997 Umzug von Wien nach Wendelsheim / Rheinland-Pfalz. Lebt seit 2004 mit ihrer Familie im rheinhessischen Armsheim.
Seit 1989 Veröffentlichungen in Zeitschriften und Anthologien sowie zahlreiche Lesungen. Diverse Stipendien, 1998 Theodor-Körner-Förderpreis, 2002 Preisträgerin des Gedichtwettbewerbes der Nationalbibliothek des deutschsprachigen Gedichtes.
Mitglied der „IG Autorinnen Autoren", der „Grazer Autorenversammlung" und des Vereins „LiteraturBüro Mainz e.V.", Gründungsmitglied des Vereins „K.I.T. - Kultur im Trulliland e.V." und der Schreib- und Lesewerkstatt im Frauenzentrum Alzey.

1995 „Bis zum letzten Zug" (Lyrik und Prosa)
2000 „Vom Ziehen und Brechen und von der Liebe" (Prosa)